初岸
Chu
an

与美同栖

路\过\你，谢/谢/你

洛兵◯著

洛兵诗集

四川人民出版社

图书在版编目（CIP）数据

路过你，谢谢你：洛兵诗集 / 洛兵著 . -- 成都：四川人民出版社，2017.9
ISBN 978-7-220-10271-4

Ⅰ . ①路… Ⅱ . ①洛… Ⅲ . ①诗集 – 中国 – 当代 Ⅳ . ① I227

中国版本图书馆 CIP 数据核字（2017）第 174444 号

LUGUO NI，XIEXIE NI：LUOBINGSHIJI

路过你，谢谢你：洛兵诗集

洛兵　著

责任编辑	罗晓春　鲜思楠
特约编辑	太井玉
封面设计	田　薇
版式设计	张志凯
责任印制	张　辉
出版发行	四川人民出版社（成都槐树街 2 号）
网　　址	http://www.scpph.com
E-mail	scrmcbs@sina.com
新浪微博	@ 四川人民出版社
微信公众号	四川人民出版社
发行部业务电话	（028）86259624　86259453
防盗版举报电话	（028）86259624
照　　排	程海林
印　　刷	北京旭丰源印刷技术有限公司
成品尺寸	145 × 210mm
印　　张	5.25
字　　数	110 千字
版　　次	2017 年 9 月第 1 版
印　　次	2017 年 9 月第 1 次印刷
书　　号	ISBN 978-7-220-10271-4
定　　价	58.00 元

目录

八零年代

九零年代

目录

零零年代

一零年代

八零年代

跳伞塔

一个平面，四个圆圈
飞掠的鸟，挺直的树

五十米高
却像无穷遥远
烟囱，高楼
心跳突然加快的笑颜

你带着我穿过草地
我手足无措了
体操女孩
你为什么这么优美
我想和你一起飞
我想和你一起
跳下去

我们在云上漂着

看啊

地球来了

真的来啦

1982.8.27 / 成都南郊

梦湖之洲

那一年吹风
有变换的云影
被树响
被人瞧
弥漫着被撕碎的梦

那一年你告诉我
你要出征于蒹葭的湖洲了
沐着古朴的夕阳
从这片繁草
跃向那片黛青

那一年你挥手
斩断一片云彩
一条黛青的河流
一群黛青的思念

那一年南雁留给我
一只舟
一把忧伤的桨
和一个佩着金色纹理的
沉甸甸的记忆

在那个金色的记忆里
我以熹微的梦为静湖
缓摇出一个碧绿的故事
泊上挥刀的
群集着色彩倒影的
梦之湖洲

1984.9 / 北大 38 楼

钟声和梦幻

当姐姐敲响的钟声传到野外，我从槐树后面闪出，约你去私奔，也在有教堂的乡下，不是城市。你的脸庞将在半夜扬起。你的男孩睁开眉毛里的新月，河流犹如梦呓。

你看过的乡间教堂，青石板滴下暗红的苔癣。你们私奔后，钟声传到亲人那里。他们蒙蒙醒来，但只有姐姐张开浮肿的眼睛冲上田野。她从我们小时开过花的槐树旁奔过，她的影子落在树上。

我从树后闪出，
看见你的男子倒塌在屋前的旧水洼里，古墙下传说有众多的金银。你和姐姐在前面的广场长成女子。由于喜欢游戏，哭声到处追逐。我却总在你走后来找你私奔，假装什么也不知道。

而且我努力使广场有了围墙，树后住上繁多的人群。我又建成教堂，让亲朋们遥远地弥撒，纪念自己的幼年，颠沛，以及新月以后的熟人。野外渐渐靠近，十字架旁野外全是乡下，以及城里来的姐姐。都在钟声里，新月升起繁星也像残月，并且年年一次。

打开没有闩的后门，把水缸扛向屋顶的星宿，使钟声下的世界一片银白。河流后我回来了。很多年，很多圈之后，你才回到一起。

1984.12 / 北京甘家口

高原

不止一次地
想带上你
走遍这个高原

蝴蝶如鹰飞翔花海
有手从草中伸出
抓取天空

远古极乐地
他们不知道自己的名字
也不知道以后黄金的名字
于是他们被
杀戮

更远的远古
一切生存于战争
有人造了别人
有人造了自己
而有人
造出了
偶像

在偶像的星座里
流动着辽远的天空和血液
在天空的下面
用偶像的手不知是谁
造出这片高原
永远的荒
永远的无
永远的
地平线

它们在困顿中入睡
梦见很远很远以前
一个部落的臣民说
我们都将
永恒

不止一次地
想带上你
走遍这个所有秘密
都发生的地方
而使一切
都成为秘密

1985.9 / 北大图书馆草坪

夜谷山歌

都是因为我是这里的点火人我点过无数篝火于是你就愿意跟着我
都是因为晚上的月亮太冷了我们打了一个赌而我又胜了
都是因为那天我的一首诗不知怎么又写到了你
精彩的梦中本不该牵扯许许多多事的
那天晚上那一阵风刮过藤蔓
在唱不完的夜歌中
轻轻淡去

请别再提往事此地每年月亮都很冷而每年风都会很大
你是来自那个黑色的山谷吧你走路时眼睛也很黑很黑
我们没有一片森林空气总是和生命一样又干燥又冷清
你是天外之声了你的头发也是黑的你的衣衫也是黑的

都因为我
让你和我一起走路
一起攀山一起很单纯地打赌
甚至你让我出去你说这里本来全是梦
你说外面的梦也很多但醒来的时候毕竟会更多
都是因为我太幼稚我终于妥协了让你毁掉我所有的老路
都是因为我曾点燃了无数篝火我的篝火却只会在黑暗中烧出黑暗

1985.12 / 北大勺园

戒烟的女子

她是一个戒过九十九次烟的妙龄女子。
她终于考上的这所寺院有九十九个人吸烟。

她走过新建的居民区。
春天的故事变绿了。
她从最美丽的花圃边绕过。
她要在去年的拐弯处赶上自己的班车。

寺院久传着很多悬空的陨石。
她爱上了那些深邃的线条。
有一次生命迎着朦胧的夜光。
她融进了冬天的雪雾而他消失于第二日。
她淡红的眼圈像曚昽的初阳。

寺院里的陨石很安分也很沉静。
它们燃烧，所以不腐朽。
它们重现，所以会消失。

她是一个戒过九十九次烟的妙龄女子。
她从来没有想到过戒掉自己。

1986.1.10 / 北大三教

三月

三月是新叶一样的月份。三月的南桥布满集市，红藤缓缓溢上老墙，溢到白天去。而草地不是我们居住过的。只认为三月，我们的确在一个城市，一个都市；

粉红粉黄的衬衫挂在手上。阳光清香而耀目。一切都清香而耀目。一切都走过集市，是在三月，树林森林的藤蔓，茂密的三月，同一个树林；

我会永远后悔这清泉外的夜晚，嵌满逃亡和失踪的印迹。偶游之后，我巡视青草的古别墅，也像是你年轻的石路，让我在你身边，看见失踪者留住在三月的户外，建成那些木桥，让你穿过去；

我是愿意在集市上化装成一只猛兽，比如花豹，悠扬地穿过灰楼，菜地，以及你的三月。三月你把新叶放在额上，飘动的三月衣衫飞落。我透过往日，看见你隐向踪迹。我是愿意我们在同一个城市，找得到你，找不到也能等到的一个城市；

直到三月。粉红或粉黄的光闪上面颊。当你又一次生长后，我就像一只猛兽冲进树林。南桥的人充满记忆。他们从山上下来，使我认为什么都是欢乐。

1986.1 / 成都西大街

王建墓

你家的年会曾像海湾
那时候我没有你大
却总是会想
将来有一天
让你漂浮在我的洋流中

那座土堆有海的气息
每天晚上
很多和你一样美丽的女子
到昏黄的角落起舞化蝶
她们骗过了我们
说我们的头发纠在一起
像古代什么火焰
我们的身影纠结在一起
像刚刚出土的剑鞘
略显斑驳
很是脆弱

这种时候可能很久
也可能很短
像你的嘴唇像你的眼神
一个介于失误和错误之间的
尖锐和温存

——在你家隔壁
有座古墓叫王建墓
是王建墓
被盗光了

1986.4 / 北京紫竹院

红玫瑰

红玫瑰，深红的玫瑰，彩缎般雍容的心，从下雨的夏天下午伸展开来。俄文楼前的银杏绿荫如海，方砖上洒着细碎的白皮松。再远一点，过一片山，走一片坡，就是未名湖。湖底草荇游动，萌发成一片苍翠。雨静静地洒开，沾着花伞下飘动的头发。倒影写在地上，溅起几颗水花在平宁的鸽哨里。一切都静悄悄的，歌声从湿湿的路上漂过来；一切都很正常，假如过去的甜蜜或痛苦还洇在记忆里。

不过很容易出来听雨的。山风把你当作玫瑰，它栖息的草丛便沉淀下叹息般的褐土。风从地下传到湖里，湖中就不再有细碎的涟漪。有人从你的背影里拾起一个微笑，看了一看，又丢掉了。

很久以后，是否还会读到这些文字？看见了，是否还会有现在的感觉？我会风花雪月地苍老，永远都在忘过去，永远都在等将来？我不知道。有人从我面前美丽地踱来踱去，有人，不是我的。

我亲爱的夏风该开靥了。春天过去，俄文楼前的银杏绿荫如海，碧波荡漾在方砖上。远一点的湖中，草荇在下雨，沾着花伞下的头发，少女的倒影落在地上，慢慢走远了。一切都很寂静，假如彩缎一样的红玫瑰还没有开放；一切都很寂寞，假如少女告诉你俄文楼的玫瑰将艳艳地开放，又将艳艳地谢去。

1986.4.16 / 北大俄文楼

夏天有雨的时候

夏天有雨的时候我正和年轻女子说话。
晚上我的房间杂乱满地都是情书。

晚上太阳去找自己的恋人约会
他们在我昨天给你的颓墙上发芽。

夏天有雨的时候我正和年轻女子说话。
有青苔的夏天我和年轻女子说话。

隔一堵墙谁都懒得去取伞了
屋后长满无人认识的菌毯和竹林。

夏天晚上我们会凉爽你会更加凉爽
放下纱窗街上又有许多一模一样的往事。

很多年了。许久我就学会孤独地站立
倾听宁静而飞蛾投向淋湿的灯火。

1986.6 / 北大五四操场

偷桑

偷桑的事过去后，我没有更多值得纪念的东西了。我每夜对着星光入睡，就是面对着满高窗的星球，睡下去，睡在风口。我每夜寻思着有绮丽的云彩，替我在深蓝天幕上开一片隐地，让我的往事，有个洁净高远的去处。

我们几个还是朋友时，夜里，走过昏沉的路灯，到湖边被大树隔开的颓墙烂房后面，去偷摘桑椹。柔和的果实，一撸一大把，有足够的丰盈和果香。桑叶是老而尖利的小叶，不可插养，只好盘起两条，连同紫红花绿的仁儿一并塞进外衣，和他，和她，惶乱地逃过路口，跑回来入睡，也是对着星光入睡，那里的星宿很大，哗啦啦一抓一大片，那时我还不知道它们的名字。

除此之外，我们还摘过小楼前的白玉兰，桃花，果园里的玫瑰，草坪上的紫荆，还有湖心岛的不知什么菊。几个人夜半出去，喝一阵，聊一阵，就下手摘花，又在校园里转来转去，做一些注定要忘记的事情。很久，我才把她们送回宿舍。也是对着满天的星光，想起我们总是这样共戏，才能驱散这无边的夜。就如那次遇见的迷路女子，让人穿越她颀长的背影，是深夜的一种果树，或者清花，总会有人来采摘，没有休止。

当然还是偷桑最为美丽。后来我一个人也去过多次。从小时候我就喜欢干这样的事，只因那时没有多少故事，只好成天泡在桑林里，生长无数恍惚的预感。来找我的人总要喊上半天，满园奇绿通莹的绿叶，都水一样地哗啦啦响。

1986.6 / 北大湖心岛

山海关

山海关的桃园是不让闲人进的
土里的甲虫天天私语
说得关楼越来越旧
守楼的老将打盹许久了
我们是桃花我们知道

可是你流荡在大漠的侠客
昏昏沉沉的侠客在正午叩关
是想让别人告诉我们
你想一柱擎天或者一泻千里么

关里歌舞升平
关外血海万里
沸腾的土地从地图边缘燃起
火焰有个好名字
千万年文明

杀出血路的侠客抖落一地风沙
急匆匆栽下马来
宝剑一声嘶喊
当时的人全作古了
关里的人全都作古了
我们是桃花我们知道

1986.7 / 北京右安门

武侯祠

所有过来的南方人中
最爱我的是古刹的绿
不经武侯祠去找你的小路
我已经不走了

把梧桐叶撒在护城河上
把姐姐的手放在我的背上
冬天一点不过分地寒着
我们一点不过分地恋着

天府的糍粑慢慢金黄
碑石上的青苔越来越厚了
古色古香的浓绿里
我们傻里傻气地望着对方
修不完的十五中校门啊
我要从城门洞那边去北方了
我们都不信有一天你会变老
会把我忘掉

绿黄的庙祠边上全是田坝
草们秧们在我走后不全开花
稍远的集市延伸向北方
我们在冬天不全贩卖爱情

1986.9 / 北大俄文楼

城市雕塑

季风在石头上拐个弯，就向东边的海港逸去。雨天的城市雕塑说什么，其实我都很明白，只是不愿意泄露出来。
漂上山的石子发着亮光。那是一种温柔的，壁灯似的亮光。
那个跳舞的孩子，不断用树枝鞭打着他们，并且还说些什么。

你们尽可以告诉我这里的陌生，就像你们非要让我来到这个城市。

原先属于我的领地，版图是湿润的。
两个人去构筑两座城堡。云空无晴。两个人在浅滩上钓鱼，违者见异思迁。沿河而下的卵石，叮咚地撞出声音来。
瀑布位于平原西岸。雨季从大树林间缓缓地，拳拳地经过。
跳舞吧，所以要雕塑。外地人，所以要雕塑。她想结婚，所以要雕塑。我慌了，所以要雕塑。把我们固定在某个时间，某个空间，好像就美丽了，好像就安全了，你说是吧。

什么也没有完成。

所以不论如何我叫它最后的雕塑。遥远的站台上，我的人一个个在车上淋湿了，我就对他们笑笑，再坐车，再换车回来。
大霓虹灯一路倒下，伸向郊区。绚烂的夜奔走相告：木樨地有地铁了。

堡垒该建在山上。就总不能有无尽的灵气团团围来，而城市在四周饱满地运转。他们躲开雨季，随便之极地递出一眼观赏。有的携着雕塑走过，边缘已经模糊。

1986.10.5 / 北京木樨地

郊游

烂漫海边都市的冰凌
我们击鼓传花
有些南鸟飞过看见
看完就又飞走

冬天的树叶开放老同学
为什么想起把她找来
我的老情人坐上对面
手握一串美好的沉默

天涯海角的太阳和冰雪
浪子们随身携带
她的头发后有紫色逆光
天黑下来岩石都变晶莹

不可言喻不可传递
鼓声落下欢笑都是脆的
梦醒的时候一定会粉碎
这个道理大家都明白

东方的云长得像冰凌
我们去欢乐走过村庄
许多男孩和许多女孩
今天的月亮漂上山峦

1986.11 / 北京妙峰山

图案

你头上站着三只鸟。
你左手升起火焰
把它们驱赶到右手。

山坡后面的柴禾在燃烧。
一只鸟唱着红歌
一只鸟是风鸟。

你站在我明年背影的头上。
我左边走着女人
拉我右边朋友的手。
一只鸟站在三个人头上。

1986.12 / 北大 37 楼

封山

封山了
我带一身皱纹躲进草棚
老头从旁边经过

幽深的夜里
借宿人家搜遍我全身
也没有找到一颗山里红
我笑着睡熟了

封山了
静静的封山的日子
从泛红的水石板上
延伸下来
你丢了什么东西孩子

口袋烟草三张白纸
两只麻雀的尸体
还有对那个女人的
好几种想法
是梦见雪的时候劫走的

孩子他们是好人
他们帮我看住果树也看住石头
没有石头山也没法封了

更深的夜里
我拼命摇动山里红树
哗哗作响
老头点亮泉水
邻居们一声不吭地走来

哦不能上来了你
封山了懂吗
山都白了
雪下起来欲望忙了一年
该放假了
你还能上来吗

深无一人的夜里
群鸟回荡在
铺满山里红的地方
我还是太小留不住你
一秒钟都留不住
更封不住我
犹如暴雪
掠过大地和胴体

某个昔日你知道
皱纹像鸟冬眠在我的额头
老头不以为然
封山了

1987.1.3 / 北大燕春园

盗墓的昔日

远方的蓝衣女子在拂晓
把树叶栽到地上
半夜她说丰收了
我们跳上跳下丢掉许多残月

你也许还不知在哪里
当小孩呢

林子大起来外人进进出出
紫光飘浮
我的女子站在树尖上
看着夜像一只鸟

你那时还不知在哪里
当孩子呢

这鸟把我们带向
不忘的时刻
我和她去野外盗墓
半轮枯月后
听见你第一声的啼哭

1987.4 / 北大俄文楼

丁香

丁香开在小薇的手上
湖水般荒凉的
紫丁香
小薇小薇
天亮时为你而来
为你而去
树林里的雕塑
漂亮的太多了

我在岸上无法久住
黄昏的别墅群静止
紫玛瑙拼成的石像花纹
鲜红蜻蜓　这些都静止
篱笆后窥视的草帽
发芽开花啦
这个让我奔驰的暮春季节
离去之前
你们是不是如同以往
坐在我背后的长椅上
那么那么地羞涩
使我如痴如迷

你们的拥抱
是许多被遗弃的
丁香花束
落到水底
那时
我愿意一言不发
坐上对面
如水草下的珠蚌
一言不发

1987.4 / 北大 外文楼

火貂

R 在我手里犹如一只红色的火貂
又像一只帆船
从水上回来
运了一舱的火貂

在那些有禁区的夜里
我急急忙忙地走过旧事
把 R 放养在浓密的丁香花荫下
或者朴旧的古水池边
R 像一只旧船上的火貂

并且我们沉默着来来去去
途中遇上很多的商船
走我们这条水路

我抬头像一片帆落下
惊起火红色的旧事
使它们四处逃散

1987.9 / 北京妙峰山

紫苑

如果你飘游时有座陵园
一个石人承露
一盏长明灯闪烁
夜间帝王的哭声
潇潇而起
你望见原野是一片古迹

如果你步入往事
餐风饮虹
太阳悬于九天华云
你望见你是一片荒城
葬在古迹之下

偶出之时
你在不落的井田中狂奔
四处无着于是
永久地飘游了
紫苑是我坐骑名字

1987.11 / 山西五台山

孟特芳丹

这是一幅油画。

你们小时候，翠绿过的那些地方，都以我命名了。

孟特芳丹，对岸之外，你那么洁白，又那么鲜美。一朵微波后，我伏在地上，有凉风不断升起，像你的手臂，优雅和辽阔。我在水面上，你们在水下，已经许多时候了。孟特芳丹，我走的时候，为什么要带走湖里的一半色彩呢。

那株暗树间有我的情爱，奇怪地生长，茂密地冲入半空。你从湖上漂来，没有看见。你背对着我，把风情朝另一株枝丫挂去，你为什么总要失手呢。

还有两个孩子从湖下潜来，翠绿的精灵，因为阳光而如草和花里久远的眼神。我看见他们在采摘树叶，我看见你在采摘树叶，几百年几千年这样过去，我终于绕到你的身后，孟特芳丹，我站起来，想去拥抱你的裙幅，画笔却早已干涸。

1987.11 / 北大外文楼

飞碟

那次，游曳荒漠的时候
我看到一团飞碟
从太阳旁边经过。

牝鹿在我面前静立苍狼在我面前静立。
我回身找另一个猎人说话
另一个猎人背着我
到别的星球上去了。

很少再提此事
说我以前，是坐飞碟来的。
我爱在古兽们凝滞的血影里
清静地眺望天空
看见别的星球上的孩子
长久地瞭望远空
盼望什么 从太阳外飞来
飞到他们的星球上去。

现在苍狼在我面前静立牝鹿在我面前静立。
满山遍野的太阳
紫光氤氲

我看见一团飞碟
在上面飘浮了许久。

岩岗上长草。
草里居住的故事是一些陷阱。
纪元前我以打猎为生。
大风月下沙土四散
我看他们一个个地爬出洞穴。
几万年后他们焚毁了你的故事。
几万年前他们焚毁了我的故事。

地冕瘦长的火焰中升起一群
画有牝鹿的飞碟。
古兽比我更爱太阳
因此逃跑。
另一个猎人清洗那边的土地
他饮干他们的身体
犹如在星空里沐浴。

1987.12 / 北大 燕南园

致R.J：旧题目

给你写几句话
是你不曾想到的
是你空出房间让妹妹
和我约会时不曾想到的
是几十年没有答出的那个问题
突然有了答案
也不曾想到的
今夜我是没家的路人
途中有红心蜡烛
点亮姐姐二十九岁结婚的消息
其他和你没什么关系
我唯一的秒针逃掉了
也和你没什么关系
大风吹走了我的外套
也和你没什么关系
恍然的一怔
淡然的一笑
还是和你没什么关系

我们的错误是很大的呀
许多年以后都还是错的
在那金色的院墙下
北方从路上升起
我是一丛倒立的火焰
终于把自己烧得干干净净

1987.12 / 北大燕南园

无止

积多年后，如果还忆起从远远近近的绿中红艳艳地飘来，并且山欢水笑地朦胧暗涩，月亮也永如初升，行于一汪清泓；积多年后，如果能不惊诧于偶尔的石板路上，旁边有浓密的松柏，阔叶乔木的群叶也不经意地荡去荡来，且给这未遂的空吟施化淡妆，反正酷寒要来，连地底也忧郁的；如果积多年后仍是连绵不尽的恨史，我就不再叙述无止。

雨中的山路清鲜。我因之困乏的眼睛，从竹林生处漂浮到地上，白灿灿的日光涌动而起。待我浪迹天涯，去觅同样惊异趣投的一截风景，权作慰藉吧。

初始的稚女不知郁怨，犹如无主马匹，灿烂地奔跑。待我张开一面银幕跌撞向高原，只有深渊之侧还曾留下古迹。残缺的外空间红日一轮，晶莹明艳，缓升又缓落的萋草怅然欣然。浪子只网得一幕荒唐闹剧：总非外人知之，却在訇然中开之前本作剧人，以至哀欢之后，伊人天外回声，犹发自一箫空弦；芭蕉雨淅，剪烛沥乱，更夫夜语曰：秋老矣——

迟到狂由此而生，经久不灭，以酢为妻，以酩为伴，也是山欢水笑地孟浪，初始的过错便扭曲一生。苦于无人来遣，无大梦来醒，此时正值荒墟般的深秋，从此沉沦不止，更习惯因诸事沉沦不止，挥霍整个年轻，换来今日的感愁绝技，终于不知是悲是喜。

ZW，积多年后，以此为记。

1988.6 / 北大 43 楼

1996.5 / 北大未名湖

船舷

我去漂游只会有一侧船舷
另一侧是卦语的旗帜
我的脸庞凝固成岛屿

四面八方逃出许多身影。
三间草屋。背阳。
身下沙地的古戟
让芦花之夜火炬林立

梦境是在村外高山上。
云雾旁的
一侧船舷。群星入没。
银河之滨的一段跋涉
已无法寻到起始。

荒凉时就荒凉踏青而归。
桅杆随暮阳远遁
有你潮湿的季节盖住棚顶。

半夜雨声从故乡来
春天广大。
春天的沙土地上
种满一望无际的眸子。

1988.3 / 北京木樨地

春水湖

春水湖以后的湖泊
会有些残忍事情
我扛着稻穗回家
碰见我枯萎的经历

一处连着一处。
在我的所有欢乐中
我不愿分出种子
在那些枝头播撒。

我不能疲惫地回到家里。
爱人望眼欲穿的长路
我一个人走下来
不知成什么样子。

浪迹多年的隐居
像草茎上残破的水珠。
朋友们音讯已远
不知道是否都已安顿

我早出晚归地劳动
学会忘记我的前生
所有灿烂的故址上
湖水拍岸不停。

1988.3 / 北大 38 楼

台灯

很久以来每个夜晚
你用手指缠绕着床梁
你的归宿
从这首诗开头
飞向那首诗开头

不知你后来的消息
我从这首诗的开头
穿到你的门后
门上一盏废弃的台灯

世界应该待你很好
让你远离我
一个平庸的男人
不杰出也不优美
总爱在荒郊纵骑奔驰

这男人常说归宿
是一种旋钮
按下就明亮一阵
照见很多
看我们的生者
和爱我们的逝者

很久以来每个夜晚
这男人和你坐在
各自情人的
影子里
三月二十一日晚上的
台灯

1988.3 / 北京南礼士路

杨花

一群杨花正在过马路。
拥挤的斑马线上
我不断寒冷
阳光使我通体翠绿。

一群杨花正在过马路
另一群等着。
灰墙上排下的
一长串杨花
飘飞多年了
仍然舍不得枯萎。

所有灯光的阴影
霎时雪白
我的女人用风
用衣领追逐我叙述过的女子。

桉树甜美的声音
依然夜夜敲响房门
现实躺在我怀里
如重千钧
你像一棵树正在落叶
我像一个扫大街的老人
扫不动了
坐在街沿上
望着他们
望着我自己

一个童年用一条凳子
去网大路上涌来的花丝
一个杨花飘飞的上午
绚丽的斑马线
加起来的那么多
雪白的女子

1988.4 / 北大六院俄语系

蓝丁仙

这个城市的夜像一片水银，倾泻在街心花园的夹竹桃上。我奔驰于环城马路，背后飘动蓝丁仙意味深长的眼神。关于我们的事到今天为止人们都闭口不言。凉意升上位于河流两岸的蓝丁仙的石阶。

我小心潜入她的住处，看见满屋晶亮的镜子，晃动屋中心的一个钟摆。蓝丁仙和人约会去了，在当年相识的那个酒店，大街上的神女意态阑珊地回过头去。我是疲劳而诡异的旅人，习惯握着琴弦用力地唱歌。唱来唱去渐渐只剩下一片她久已不归的银色虚无。

关于那些花草。蜗牛从桥洞醒来，雨季遗落下的衣衫鲜艳夺目。我知道这是早已穿过的东西。有一年蜜蜂侵犯了我的阁楼，木纹上的女子就远远淡去了。学会流浪的那年遇上了蓝丁仙，它们就从低低作响的路灯下飞走了。

关于旅途。彩鱼在楼群间巡逻，舷窗口有水手的轻吟，山峰像一只手招来招去。每天我都南北东西地奔波，换乘更小的舢板潜到你窗下。那些夜幕织就的舷窗，天一亮就悄悄融化了。

关于我仍旧湿漉漉地上岸，不去叩响你的家门。旧邻小声地招呼，薄雾在对岸的烟旗酒家凝结。你的男人多年后才知道什么是流浪，你拾起水晶滚动的珠串，送他到榕树殷红斑斑点点的码头。

我们旧日的朋友聚集，偶尔谈起这个城市。蓝丁仙进屋时，灯下飞蛾已散，脸上没有一丝风尘。蓝丁仙浅笑盈盈地敲门，桌上的座钟旁，黄昏眯起一只眼睛。

1989.1 / 成都西大街

九零年代

乡下

乡下在一片至柔至淡的月光中展开，像黑暗年代丢弃的一堆稀奇古怪的石头。

始终认为一些节目该在没有霓虹，没有高楼，没有钢筋水泥环路天桥的乡下进行。牵着她的双手，这是肯定的，面对舒适的缥缈，也是肯定的。所有情节由我定出，给她以欢乐沉醉，是我的渴望。一片云一片云地望过去，黑暗年代的乡下，月亮们成群结队地在断墙上出没，兼作房门的碑石，苦涩的树叶，以及一动不动的村落，都在夜雾中探首观望。我们营造的节目在没有篝火的沙滩上举行。有没有其他人，并不重要。河流该是干涸的，可以省去很多喧杂，也能使她在别的时间体验河流。乡下。那些收割后仍旧飘散的黍麦香味，颓圮后仍然充满神秘的祠堂，残艳的群鸟翅膀，构成我们超验旅行的内容。

她已经沉醉。我直面前方，用余光感觉她秀丽的全部。她玲珑的理性以及感性互相交织，披挂在时间的各个路段，我必须成为她与另一世界的唯一联系。这种体验使我疲劳而兴奋。乡下是一种边缘，真正城市与真正乡村的过渡。神秘的荒凉渗入心灵，使我们超越黑暗年代，进化至另一种生命称呼。一望无际微微起伏的乡间，也飘荡着我夜幕的手臂，系着这样两个世界，在月光招摇的黑暗年代中，艰难地爱着她。

那时，观众已经来了，在四周落座，像黑暗年代丢弃的一堆稀奇古怪的石头。乡下。灯光一暗，我们就将到达。

1990.2 / 成都驷马桥

环城马路

环城马路在北边裂开的那个缺口，足够我们向遥迢的风景区通行。那个时辰爱情昼伏夜出，陌生的眼波沿途招手示意。睡吧，我对着银河说，明天还有更多事情。睡吧 Marry，睡吧 Marry，玛丽。

我们向茂密的山林攀援时，丢掉了众多的憾事，野外的生灵齐声欢呼。他们说跟踪我们很久了。梧桐的果实在夜阑下纷纷扬扬洒落。他们说累了，我们走了，你们快开始吧。

对此我一直犹豫不决。无法想象开始后是什么样子。二十四年青春的女子，居住忘川之侧，她头顶有银白光晕的时候，另一件事就开始了。这时在遥远的城市，环城马路拉过一车又一车的日子。你信不信，你泅渡的每一处水域，沙鸥汽笛，孤帆远影，我都潜在水下安静地等候，而等候的，并不只是开始。

夜色如雾。城市啊城市，风吹着楼下花坛的窗叶，哐哐作响。

我在穷目的荒芜地带孤立无援。Marry 让我们开始，我们只能开始，哪怕这开始是开始的开始，也是终结的开始。血红的火烧云中，我飘逸的自由让一把利刃割断，成为命运中的一道缺口。我知道会困乏，我知道会无助，我只会凝视着昔日的天鹅缎带，飘落着，绕在荒凉的环城马路上。

1990.5 / 成都人民北路

欲望的时日

如果你把清晨带走，或者你碰落我头上盛满经历的天平，那么剩下的日子，就是我对你的欲望的时日。我斑斓的灵魂会在每个无人之处咬啮你，侵犯你的现在和未来，并且若无其事地遁逸。

如果风景，郊外原乡地的萋萋草坂，鲜花只在昨夜开放，田园鸡黍后的牧歌回荡在山岗；那么当庄稼突然在地里奔突，或者散逝开来，我还能回望着来时的你吗。

如果天气，暮色从秋叶上嗒嗒滴落，孤井般的都市我习惯了围困，习惯了茫然四顾；如果正午阳光仍旧掀起你的笑靥，白云不再摇曳，悠然将至，而明天我有很重的工作；

如果假日，那些挥舞肩上的快乐小手，那些诱惑的声音，忽然哽咽地召唤，使我从案前抬头，面前却是一片空旷的滩涂；如果我忽然畏惧月亮，经书印遍每一处痂瘢，血液潮起潮落；如果我因之回想，一道强光截断脑海，回向宇宙；

如果这些都存在，并且开始绽放，那么夜里留给我的一切，就是我那些欲望的时日。我只能是鬃毛刚硬的野物，号叫着，从刀削斧劈的山梁上翻下。那时我的女人你要刷新你自己，用刀剑、背叛和嘶吼打断我的身体，在暗哑的枯林里，将我仔细地营救。

1990.5 / 成都驷马桥

走向淡泊

为了等到你，我必须学会忍耐。我在这个天色晦暗的城市骑车慢慢地走掉，离开你背负的沉重工作。

我一个人在梧桐的雨夜孤独，很远的楼群变成一道霓虹。你将在这个窘迫的时刻纵情观赏，像我幸运地观赏你，靠近你我是多么的颤抖和寂寞。你将习惯披星戴月，黎明在身旁的云海里起伏荡漾，像有个假日，一回旅游和爱情。我要抓紧你的手，站在灯火渐稀的街口，许多的话，一直说到黯淡地回家。

在忧郁的言辞下，我疑问我们开始的时刻，是否又是向你逼近的动荡。我疑问我完全放进自己，你就成为我的一切。你覆盖我使我变得形体模糊，束手无策。为了你，我让自己平庸得有如驷马桥洞下，一块灰暗的砂石。

而这样还是难于等到你。我逐渐承认，同时习惯忍耐，毫无怨言。我无法在每个今夜等到你。你从城北逃到城西，我提起笔，刚刚落下，你就掉头走了。你说这才是你真正的造访，我说是的，你的一切我必须容纳。我在所有漫长的桥下迎接你。你的路太远，我必须走过淡泊才能到达。

1990.5 / 成都人民北路

To Cigaretts

如果一个女人叫 Cigaretts，她就会像一片梧桐树叶，飘落到化石般的砂页岩中。一些凶狠的情人，纱雾魑魅地醒来，背负着火红的鞭蛇。Cigaretts 晃动锯齿草编结的衣裙，左手没有食指，却镶嵌着一只蛊媚的眼珠。

四处叮咚的虫声像烈日一样灿烂。我站到最高的石壁上开始演讲。谁没有出走，没有流浪，谁不会假装拥有众多的 Cigaretts，用烟雾勾画鞭痕，内心却一无是处？没有人来听，大家都很匆忙，忙着上上下下，忙着生存和忘记。

我们坐在水边，像两根从上游奔来的大木，波涛里有龙女的低吟。我们在索桥上，世界从桥下空寥地经过。我的欲求寄托在对岸的枯苔古洞，潮湿时拥住我的肩头，身边的女子不知什么时候已凄然入睡。

长发在我的臂弯中跳跃，我只是一味宁静，倚靠在爱憎分明的地层中。有人滚下山路，有人追杀过去。我不厌其烦地让红蛇啮破嘴唇，抓住那些浆果，染红同名的往事。

一下山我就仓皇逃走了，不愿再看见你的逃逸。一支烟在书桌上烧灼，我仍然困得无处苏醒。午后无人打扰。树叶们都老了，胆怯了，变成战战兢兢的插图。远方山林的歇营地上，也没有留遗下 Cigaretts 阳光啾啾的呓语。

1990.8 / 四川都江堰

青苹果的后园

青苹果的后园
朽木断墙的后园
从缺口凸现出来
是我清淡的家。

香翠透明的桑林
天牛怡然地吮着树汁
金红石榴昏昏欲睡。
整个童年便像整个夏天
整个下午一样嬉戏过去：
纸烟囱。淡铅笔和
对于青苹果的
执拗的盼望。

古旧玲珑的套楼
指引我们窥视
桃红床单
浑身泪流满面的女人
吸盘双手
所有感觉都凹陷深渊
再也不见了。

那时我逃出红石桌的包围
逃出家门
从缺口处跑来
可以不停地喊
不停地喊。
我漂亮亲切的玩伴
正为我安排一生的漂泊。

1990.10 / 成都省歌舞剧院

草

草疯长起来
从疾驰的窗口街心花园
到行人惊恐的瞳仁。
墙根在颤抖。影子迅速变绿
远远近近的楼群
发狂地摇头晃脑绿得发红。

鲜红天幕所有草连成一体
渐渐覆盖渗透城市
你们蠕动在荆棘下
蛇行于房间地板
草给你们以保护
你们的语言只剩下一个字
把阳光变成赐予迫使你们
朝另一种存在发展。

尖细的叶
巨噬细胞增殖的肥厚
有时开花
不会进攻也不会自食其力。
所以成为某种隐私的点缀
或者感知的尘土。

它在疯长。
无限双手抚摸你身体
离开时会带走你的灵魂
扔进泛滥的情欲未知的命运。
洪水已经上升到头顶
草是另一种洪水的象征
如果其他灾难都已消失。

你要找回公正就走进鲜红的夜空。
天堂在长草。
上帝在反刍他创造的世界
人类却在反刍上帝。
在这之间草不可阻挡地
掩盖历史繁衍生命
汹涌地狂暴地长成一切。

1991.10 / 北京和平门

相好的：没有题目

相好的我们弄错了九月的骄阳
竭尽一生都在规划错误的方向
拆毁只是模型矫情的赝品
怀着就义般的满足
期待我们把结论下在诅咒中

九月
我们分成四月加五月
或者十二月减去三月诸多形式
这别致的持续快感淋漓
和床上功夫一样属于个人范畴。
现实却恒久地雄烈
像愈发增多的炼狱，把我包围，
相好的，我的力量已成灰烬；

我们的敌人扭弯了承受限度
一个叫悲剧的敌人，
使宽容靠近崩溃。从九条路上逃亡
这时它变成另一个敌人
在交错的叉口树木盘绕成它艰难的面容
都很累啦。相好的
仇恨能否渗透游戏
像狂风舞起满天白云？

从一开始就已弄错。
我们背满食物和勇气
认准一条路追赶
认准路一般的抽象。
敌人已落在我们身后
敌人滚烫地死去，面对冷峻的骄阳。
我们的荣誉正在愈合
命运凝固在动荡中动荡。
相好的追踪的尽头满天落叶，
无数年轻的树严肃地低语
这最终的风景穿透我的胸膛

1991.10 / 北京和平门

节日

你把离开我的一天叫作节日。节日，我们燃着风火，红旗和缨络流彩的盛装，抛洒誓言般的口号，欢乐的心境从北城之北，一直排到西城之西。
城市蜂拥着油亮皮衣的富豪和嵌金吞银的女子。每当长发扫过我的双肩，香风醺息流畅不绝，我就在浓雾硝烟中退出一块又一块阵地，躲往你不会出现的区域。
四周人声喧嚣，却又不知热闹什么，我也不知要躲避什么。这就是节日。这些节日对于离别非常合适。我藏在人群繁衍的角落，她发现我依然傲气和孤独。我在暗无天日的瞬刻捧起双手，承受记忆带来的又一次重复。她孑孑行来，我手上只剩下惊人的美丽，而不是肝胆欲裂的痛苦。节日里所有人都该高兴，每个爱过我的女人都会很幸福，新房从郊区密密麻麻一直排到我的脚下。节日里我们听一样的欢呼，听一样的爆竹，披红挂彩，烟火氤氲，是你离开我的日子，是你一定要离开我的日子，是你离开我就会好起来的日子，是这样的一种时刻。

这一点我将永远记住。

1991.10 / 成都北门大桥

流浪十四行

稻麦在一个夜里就全部换上金黄
这种剧毒的颜色流淌和腐蚀历史
这片无际的原野潜藏着浓烈的暴戾
常常隐瞒和变动位置

牧笛何等尖锐——在伟大的梦想中
在长笑作天手指作剑征服的土地
风暴扮作盛筵闪电炸开雪亮的麦芒
黑红息壤正匆忙收割人迹

在被矫饰过的浮华乡村
真正的死亡和命运都朝相反方向生长
舒展开肥大的油绿的禁区

而我需要一种剧烈的概念
使内心保持惊险平衡
正如都市把我当作永远的放弃

1991.11 / 成都驷马桥

玩具熊

玩具熊静卧在一片狼藉中
很重要地构成忙碌的一部分
我想它不会在等待情人等待嬗变和洁净
它在等待奇迹用花白的毛发
展示我可能有的软弱缺陷
它不露声色的完整的象征
使我对整个世界充满歉意

如果一只真正的熊猫在我身边渐渐衰老
同时一只玩具熊猫费力奔回它的以往
这两件事构成两个方面合在一起
我竭尽全力不让事故发生

它在渴望时我该是它选择到的
唯一答复这时它通过我获得生命
在非生命的空白里消灭我的精神
任何物体是否都能这样
对于排列身后的动物或者复制品
我都通过它们找到恐怖
却不明白真正的危险

街边口停着一辆轿车。我不敢下楼
类似的联系可以投射到远处
远山落了一片叶整个城市对我狂叫
滚开我们不要你
十年前吻遍一个女人
今天我羸弱得头昏眼花
一只玩具熊或者别的躺在灰土里
我的生活渐渐缺损磨蚀

按规矩我该排在灰尘之后
从另外两个方面渴望永远不来的奇迹
如同它
我在等待玻璃眼珠突然喷出
漆黑的眼窝给我猛烈一击

1991.11 / 成都驷马桥

我的爱情有青铜刺的寒光

我的爱情有青铜刺的寒光
无法触及的内核
像巨大蒺藜缓缓转动
一只烤蓝的眼睛
从体内望向世界的阵痛
当它猛烈抽搐时，我是不存在的。

我的爱情有青铜刺的寒光
少女已被武装一切都是战场。
冷兵器年代雄壮的男人
僵卧在洁白毒手中
热血浇灌着天鹅颀长的脖颈
这一幕在永远上演
我的所有女人都已沉没

我锃亮的灵魂奔向硝烟
雷霆般的忏悔侥幸
所有漆黑的战士
挺立成永不陷落的城堡。
历史是一种武器生满倒刺
人类是一个正被杀死的人
浓烈的疼痛在都市上空
流星雨般倾盆而下
点燃辉煌的灯火

这一瞬的狂潮犹如一切黑暗
迎头撞上我某种纯粹
抽象成寒光的青铜迎面飞来
冰冻的声音冰川的枪尖呼啸
刺破我肋骨和心底最黑暗处。

1991.11.6 / 成都驷马桥

我对谁干过坏事

猫在冬夜撕心裂肺地叫对谁有意
那些时候我对谁有过漆黑的伤害
老态的屋檐东张西望
今夜有多少人
溺死于丑闻
多少人检查好肉体的准星
捧着被击穿的心脏和泪湿的宽容
谁大隐于市

我的心忽然一痛
碎成片片枯叶
堵塞意犹未尽的窗户
一种太远的距离
如梦内梦外
金绿之眼璀然张开
我究竟对谁干过坏事
撕心裂肺的惨叫骤起

溯林涛之源上界风口
我的忏悔如乌云舒卷来去
被摧残的容颜花朵般上升
被摧残的爱情却在岩壁上风干无人认领
炫耀和惩罚都已完结
在这急于求成的轮回
有谁还在守卫渐渐寒冷的夜幕
守卫月白风清的辩辞

我对谁干过坏事
对哪一个女人
经年广大的肉体?
大片欲火从高处跌下
风衣领纷纷竖起
风声太紧
哭泣的都是来世的母亲

1991.11/ 北京中关村

晚钟

晚钟敲响
从城市那边飞来宁静的翅膀
有家的人请回你们的家
没家的人请走进那夕阳

晚钟敲响
从夕阳眼里落下宁静的忧伤
爱我的人请过来一起唱
恨我的人请躲开那月光

晚钟敲响
从月亮上面流出宁静的凄凉
生者依旧习惯地擦去泪水
逝者已矣请返回你们的天堂

晚钟敲响从天堂上面
传来星空的回荡
沉睡的人守好你们的梦想
沉睡的人请把一切遗忘

1992.2 / 北京和平门

关于长发

你为什么勾起我的往事，让我在平静中挽起丝丝缕缕的忧伤，就像往日挽起情人的腰肢，她齐腰的长发，就整夜瀑散在我年轻的手臂上，整夜从远方纠缠到无边的今后，整夜，整夜。

有很多事情，很残忍，可以将萦绕心底的长发寸寸断裂，让两个贴近的背影被时光拉到很久以后，扭曲，涣散，在我和你之间那面玻璃上美丽地洇开，有如你的泪水，我无声的深呼吸。

关于长发，我已经没有讲述的资格。这是一种不属于我的东西。

而你还要提起，虽然只是你自己的故事，却也让我无路可逃。我并不害怕，伤感是我常用的灵药，用于治疗孤寂；我只是惶惑，在独自一人的晴朗天气，远山，云彩，树叶和鲜花，都有烂漫的长发，在天幕上淡淡游动。它们属于不知名的美好女子，像我这样狼狈的过客，总是得不到她们的谅解。

所以我要说一说短发，说一说短发怎么样在我记忆里娇憨地逃走，又在我梦想中放肆地飞起来。短发对我要好得多。短发的故事，是不是也简单，直接，洁净，可以相信，可以长久？

我的机箱在轰隆作响，犹如荒凉原野上，一群不倦的骏马。我不能脱离城市，现实和虚幻一样令我难以自拔。曾经我是一个血气方刚的孩子，曾经也是个老朽，失眠犯，网络寄生虫，自卑的潜逃者。这一切都是美好的，如同短发一样干净利落，又不留痕迹。我拥抱着她，就算离开，也会回来。因为她的短发在我手里脱兔般地滑下去，却在我心里潮水般地涌上来。深夜和汽笛，美酒和过去，寂寞，和幸福。

阳光，那个故事，你要我去追一个凝望我歌唱的女孩子的故事，在乱与不乱，成与不成之间。

1999.10 / 北京和平里

半夜没有诗

半夜没有诗
只有我在游荡
半夜没有诗
想写也写不出来
天气太热
情人太远
周末太不是周末
这些都不是主要原因
半夜没有诗
因为我在读我自己
发现这牵强的几十年
我对付得很荒诞
半生不熟的挣扎
慢慢想把我拖垮
几个女人像一把钉子
把我钉成一本
二三流之间的小说
有太多生字
和太多缺页

1999.9 / 北京北七家

零零年代

儿歌

我们抛弃了楼梯
所以残杀了胡须
我们不需要脸皮
脸皮是什么东西

我们看到了金山
就在那镜子里边
镜子是你的欢颜
让我越描越难看

我们在东三环颤抖
就像是一群饿狗
饿狗才要个没够
没够才不肯回头

我们和自个儿对抗
操纵着舒服的方向
就这样运气来了
我们就成了猎枪

我们割断了心机
穿上了伟大的外衣
这个时代在喘息
跟我们脱离了关系

2000.3 / 北京安贞桥

山水

山连着山。

浅淡的云朵淌下这一块草坂，把天割开一个口子，流出这片秋意。天蓝云白，草却不绿，而是很黄，很润。风一阵阵划过肉体，又一下下压在齐膝的草上，打着滚撒着欢，把积蓄了一春一夏的味道全都扬了起来。泥土很瘦弱，视野很透明，心头的尘埃也落了下来，消散在整个远方。

日头很烈的时候，我要拉着个妹子的手，穿行在草坂上。旅行如此愉快，可以持续很久，比如，一串梦，或者一群青春。这才想起来，两个都没有了，不禁茫然，但是，手是舍不得丢的，还要拿着。金草在飞舞，让我们狂欢着，簇拥着，烂漫地跑过。在这样的景色里，生而为人，一下子就美好起来。

水连着水。

不是单纯的海水淡水，而是一片水滨，从远处绵延而至，形成一带弧形的沙滩。水很蓝，因为晴朗。水体很厚，轻轻拍打着岸。水草迷乱地游动，一眼就看中了我和你的手，因为它们纠缠在一起，看上去文雅羞涩，实际上如醉如痴。

我们站在高处眺望。水里什么都不会枯萎，只会毫无顾忌，可以养活许多东西，比如记忆，激情，晚上将要发生的故事。看见这些，我的心就很柔软，恨不得为你绵绵汩汩，恨不得被你一口饮干，恨不得变成堤岸，被你恣意践踏。

山水之间，是一大片晶莹敞亮的文字。

液晶的容颜，幻化出各种躯体。每个贴子都是一扇门，一推，就看到那些纤毫毕露的内心。它们拥挤着，裂变着，堆积成金光闪闪的路。我们渐渐扩展开，平铺在山水横行的旷野。你的足迹如风，呼啸来去，变成了无数清晰的传说。

闪电雪亮，雷声神秘。你引我到来的世界，每天都有无数才华和惊喜。新旧朋友突然出现，让我用灵气点燃一堆篝火，衬托出无边的孤寂。我有草，有河，有山，有水，还有城市。生命在幢幢地繁衍，枯草分开道路，山通着天，天通着所有的现实和虚幻，虚幻和虚无。

听听看，我后来是这样抒情的：世界在我眼前，就像我的客厅；远远近近都是，肌肤一般的风景。

2000.5 上网一周年纪念 / 北京安慧北里

我为你来这一趟

我为你来这一趟
你不应该惊慌啊
你知道你那些做作
早被我批垮批臭啦。

我为你来这一趟
你要正常地接待我
朋友一般没有害处
何况我们这么遥远
做的事情又不同。

这一趟我经过七个领地
每一个态度都比你端正
女人知道了拒绝的分寸
大家就都好下台。

我又不是非要不可
又不是非好不可
我要无私地帮助你
赶走你心中的蠢蠢欲动。

我目光所到之处
是一大片千里马的铁蹄
可能践踏几根庄稼
却成为大自然的美景。

2000.6 / 北京安慧北里

我知道那边有座山

我知道那边有座山，有一大片野花山坡，
我知道那边有个家，但不知道是不是我的。

我知道那边有条路，我知道路口有个女子，
我知道她每天都在唱歌，但不知道是不是唱给我。

我知道街上有颗心，我知道心里有个梦，
我知道梦里会有我，但不知道是不是一闪而过。

我知道山坡就是肩膀，路口就是你的鼻梁，
有一缕光线慢慢爬过，像你透明指尖上的甲虫。

我知道我们是认识的，我全都想起来了，
我知道我们爱过，但不知道你现在哪里。

我知道清晨是一定消失的，今天来得比昨天准时，
我知道我们是无辜的，而世界是愚蠢的。

我知道我幻想过，我知道我脆弱过，
我知道有你我就少了什么，有你我就多了什么。

我知道那边有座山，我知道山上有个我，
我知道我曾经是你的，现在是我的。

明天还是你的。

2000.8 / 北京阳光广场

女士香烟

谁先点起这支记忆
慢慢回味不要着急
脸上有雾勾画出你
轻轻一口品尝着你

体面男人我们挥霍着聪明
想装作纯情已经来不及
不要猜想何时我才接近
香烟燃尽缘也尽

体面男人还是珍惜点魅力
你我的表演我永远感激
就算纪念我们的关系
是香烟和嘴唇的距离

谁先挑起眼神撞击
今生是否知道输赢
心情飘起召唤着你
每个夜晚我自己决定

2000.10 / 北京北兵马司胡同

总有一天

你告诉我
有一天有一天
你将抛开你曾怀念的
你将躲进你曾厌倦的
那时的我
是不是还年轻
还用最多的温柔来爱你

后来你说
有一天有一天
你将失去那微笑的表情
你将关上那幸福的大门
而那时的我
是不是还沉默
还用最初的坚强来想你

你还告诉我
有一天总有一天
你将逃出你曾害怕的
你将追求你曾逃避的
而那时的我
是不是已经苍老
还用最清醒的孤独
来等你

2001.12 / 北京三里屯

上海故事

总想从你身上
尝够霓虹滋味
雪白的女人
总想在你胸前
嘲笑荒唐的人群
漂荡的女人

天使和寂寞
正在我手上
偷偷摸摸鬼混

天天缝补着红唇
井底透出的眼神
我想知道你
几时才会哭泣
抱紧灰色的楼群
扔到我的床底
你和我一样累吗
是否也会休息

吸尽了城市的艳丽
你占有着我也已被我占有
点燃你头顶的火焰
让现实蹂躏我们的身体
我想我爱上了你的危险
快乐痛苦都是惊人的美丽
亮出你饱含阴谋的天真
试试我能不能坚持到最终

2004.3 / 上海衡山路

优美是一种病

优美是一种病
是一种歌声
盘旋着冲上
恶俗的现实
是誓言丧失之后
奄奄一息的
后遗症

你站在发旧的回廊边
吊兰很好色
死死盯住后背的曲线
而我抛弃了你的乳沟
项链和戒指
抛弃你的天鹅脖颈
把目光凝固在你
远山一般的黛青中

这不是梦
虽然很洁白
但我感觉到浓黑
天上有稠密的眼神
贪污着你的香气

四周有鬼祟的人群
意淫着你的呼吸

但你依然优美
怀着一种深刻的目的
当堕落不可避免
就要学会沉沦放纵和享乐
决不迟疑

优美是一种病
在优美的面前
我的邪恶
无法治愈

2004.7 / 上海外滩

想要一个星球

想要一个星球
很小，只要能容下我和你
想要我们的过去
在上面重演
很少，只要有些淡淡的痕迹

想要一些答案
三个月亮下的花瓣
惊飞的翅膀，柔弱的情人
有些眼神只能在午夜出没
如果我还在失眠
还在被你的回忆纠缠

一缕时光
从你微微颤动的睫毛上
轻盈地掠过
就像五月的风，像风中的花蕊
像深红尘世中
清冷的一抹淡蓝
我知道光阴就是凶手
每天反复杀害着我们
所以爱情一定会永生
相对于我们自己而言

星球上或许有环形山
尘土，寒冰，闪电风暴，
还有外星居民，未知的矿物质
星球是我们最后的属地
我们被世俗流放之后
只能来到这里
做最后的坚持

你知道吗
这个星球就是你
就是你二十年前的眼泪
凝结成的一颗
普通的化石

2005.2 / 北京亚北

月食

苍穹如室
檐角茗茶初凉
珠合
山外有人语
跫音穿向月食

其始其终如小露袭衣
一暗之瞬
与你冰雪相融
浇铸苍原
天石

月食之时万物沉睡
芳心湮灭
只得一隅相蔽
年年而复
方始认真建置
这一茅庐
相守玉阶下
一棵柠檬之事

2005.8 / 内蒙古包头

原野上的女子

原野上的女子
被我放逐千年
才能出没在众口铄金的夕阳下
以古朴的造型
在很多旧梦里
占据一个位置

原野上的梦想
已经变成焦土沙砾
夜晚会有很多反光
照见我们平庸地生活
恶俗地老去
再麻木地复活

我最好的朋友是孤独
他们总在我身边嘈杂
就像一万张恹恹的粉面
贴在我大汗淋漓的青春上
夹竹桃在大腿里疯长
我多么想变得有毒啊
那样能超脱自然
玩一把作弊的时空游戏

用残存的洁净去冲开
满天围墙

原野依旧是原野
物质不灭
只有我们才灭
拥有爱情是无罪的
拥有智慧是无望的
我们只是原野上的女子
手中脸上脖颈里
一颗极小的石英碎片
在残阳如血中
徒劳地一闪

2005.9 / 内蒙古霍林河

大白梨

渴望出现一颗食物
极尽天下之原真美味
却不含有任何营养
尽可以胡吃海塞
却如清风过岗明月大江
只是满足一点卑微的欲望

一杯凉白开
旷世之珍馐
每一口每一滴
都是沧海之水忘川之水
无边荒漠之泉水贫乏中年之露水
暧昧浪荡之止水虚无人生之覆水
随风潜入夜润我细无声
每每忍不住才赏赐一滴

受不了啦

我用锋利的犬牙将她拦腰截断
又用门齿和臼齿碾碎她雪白的肉体
我用滚烫的舌尖狂顶她一握的腰身
我用急促的呼吸吸啄她冰甜的乳汁
终于她只剩下了一截枯朽酸涩黝黑残缺的遗体
我也总算吞下了
这只糙如锯末坚如生铁的

——大白梨

2009.4 / 北京亚北

早安

高架桥，浓雾蒸腾。
两个飞碟从低空盘旋而来，舷窗口的灯火，闪烁不停。
走近一看，却是两杆高耸的飞碟灯，早已被人类剥皮抽筋，铸成了僵直的标本。只有在这般玄幻的浓雾中，才把一丁点遥远的本相，呈现在同类的面前。

柔润如酥的雨丝。
整装待发的尾气。
遛狗的人走过三盏路灯。
一切渐渐被谜语掩埋。
我在晨风和雾霾中疼爱着你。我在绞索和井盖中畸恋着你。
早安，我的北京。

2009.10 / 北京亚北

一零年代

二零一零：断章

1

每个人都是一部受伤史。

2

冬夜，微醺，车过虎坊桥。
街灯很暗，楼房很旧，行人很陌生，树木很枯涩。
二十年前，在这里，满怀狂暴的激情，挣扎在无望中，追寻一个微弱的梦想。
沉默。挥霍。得到。失去。
许多年后，蓦然回首，终于不知是悲是喜。

3

阳台窗棂上，停了一对鸽子。
我喜欢它们的样子，咕噜噜叫着，互相梳理着羽毛，警醒地打量一下四周。
我站在离它们不远的地方，它们不知道我在凝望。
我的窗户可以不再打开，只要它们长久地待在这里。

4

这种天气，地面反射着水光，日子就像两片刚捞出的冰，紧紧地粘成一根中指。
很多阴谋正在叽喳，很多灰尘削尖了脑袋，钻进野史，化作青史。
这种天气，不用来睡觉，实在是太可惜了。

5

喜欢一个人，但是不可能得到，只能狠狠地想象，直到厌倦为止。

6

一只帅气的蚊子，以阿凡达神树种子般的优雅，从我屏幕前，缓缓、缓缓地飘过。

7

东四环，慈云寺桥到四惠桥，很多路灯柱上，都吊挂着两篮真花。
那些陈旧的海棠，残败的秋菊，被车流检阅，被尾气熏蒸，终于垂下了它们的头颅。

8

每次剃成秃瓢，人间界都变成清凉界，让偶尔路过的我，对它多出一分好感。

9

多少年，我一直暗恋着我的想象力。我从来不去表白，生怕惊动了它的自由。

10

窗外天色，又是这么科幻。十二猴子舔舐着枪管。银翼撕下女蛇的最后一块鳞片。毒气中每一粒春芽，散发着沙丘的奇香。一具异形权衡着赛昂和天网的风投比例，刀光一闪，艾利吹去刃尖的绿血。我是三个心脏的拉玛，时间是我的坐骑，生命是我的 Matrix，梦境是一路通用的货币，没有人是我的天外，和我的终点。

11

十月初一，暖冬，微温。

育慧东路和鼎成路交汇的十字路口，有很多烧纸的人。中华女子学院的房子，还亮着灯，里面有很多影子，正在跳舞。街对面的荒园，铁栅栏很古典。车灯缓缓地扫过落叶，就像一具具沉睡的躯体，不安地翻了个身，又继续睡了过去。

12

环城马路有金黄的火焰，熔岩淌下整个车框。

所有的霓虹都睡了，梦见了玩具、积木、群山和路人。

大车在飞驰，道线在飞逝。

高架桥宛如灰白的蝮蛇，嗖嗖射向地平线尽头。

如果你正飘向天空，就能看到那些楼顶，连缀成璀璨的阶梯，像是一座暗之宫殿，膜拜着我那夜色般的秘密。

2010.1–12 / 北京 – 成都 – 西安

二零一一：断章

1

活着的只是记忆，而不是我们。我们并没有活着。我们什么都不是。

2

颓圮的院墙，重复的拐角，围成一座迷宫。
屋檐上跑过一只灰猫，嘶哑地叫了两声。
枯枝中，一排电表闪烁着猩红，就像一群血族，慢慢睁开眼睛。
几个人影抽着烟，一言不发。
这样的夜，如果有一条胡同叫作炮局，那一定十分的悚然，十分的魔幻。

3

散步归来，地球硬硬的还在，总算是放心了。

4

东四环，妖娆的臀部曲线。
我的目光如温情之手，从飞碟灯、立交桥、隔离带和红尾气的皮肤上，轻轻抚过。
她对此毫无感觉，更不会扭过身体，向我张开一丝璀璨的心机。

5

清冷的晚上，突然想听张蔷，听那些嗲得入骨的歌声。

那个年代，世界刚对我褪下外衣，我有无数的选择，人生的路，也没有越走越窄。

那天晚上，有美丽的月光，你和我走在小路上。

脖子上戴起，你给我的红领带，回想你可多爱我，爱情多么甜。

轻轻地对我一笑，你就不见了。

轻轻地对我一笑，你就不见了。

6

夏天来了，蚊子也强大了。

以前像阿凡达神树种子一样飘忽，现在却变成了一群歼 -10，呼啸飞驰。

以前只要运起如来神掌，一薅就是一个，现在手忙脚乱好半天，连她们的腿毛都摸不到了。

星河振荡，宛如戏台；剧情狂闪，我自安然。

7

宁夏。中卫。沙坡头。深夜。

除了冬天的五台山，没有任何地方，让我见到这样的星空。

天鹅北十字翱翔银河，天鹰牛郎、天琴织女，在它两旁隔河相望。

红色不一定是火星，也可能是天蝎星宿二。
乳白不一定是云雾，也可能是武仙和北冕。
横亘天际的大熊北斗七星，让我突然感觉，我这么渺小，是一种宏伟的幸福。

8

买了半个西瓜，带回酒店，塞进冰箱。
刚才取出来准备吃，才发现手边没刀子，也没勺子。
一怒，一掰，咔嚓，脆生生撅成三块，捧起最大那块，一埋头，吭哧一口，半个脸就陷了进去。
一瞬间，满嘴蜜甜，满眼生津，甜香飞嚓嚓，满屋红艳艳，一种茹毛饮血的快感。

9

风象星座的人，生来就是为了流浪，像我一样不能停下，东一榔头，西一棒子。

10

夜色是一大块胶墨，洇在远远近近的水墨里。
我们星月兼程，去地主家抢余粮。
路过山崖，突然想起这是庄子的家，于是停下说，我去绑了这厮，让他给大家唱个《逍遥游》。
纵身跃入白云，山风灌满六识，一边心游万仞，一边抵挡灵魂，不让它射回脑门。
但见前世万花纷谢，今生狞笑扑来，终于还是醒了。

11

那些繁星，把我们丢在沙滩上。

每颗星球，最多不过是一粒沙子。

我们又是什么呢。

我们一无所知，最多知道有银河流过，它是水做的，是真的水，我们无法触及。

12

这个下午，日光浅淡，行人模糊。亲爱的一双小手像天鹅，把这一页，轻轻揭过。

2011.1–12 / 北京 – 宁夏 – 上海 – 杭州

二零一二：断章

1

梦见接了电话，去二楼看望老同学。
梦见我手忙脚乱，没有系好衬衫扣子，就冲到门口，慢慢走进去。
梦见我一直说她什么都没变。
梦见她一直说我什么都变了。
她的两个孩子眼睛很蓝，海一样的蓝。
剧场很大，很多楼梯，不知道我走对了，还是走错了。
这边门外，是黑咕隆咚的港口。
那边窗外，燃烧着无声的烟火。

2

我喜欢微信的启动画面。
其他任何软件的启动画面，都没有它这样美丽。
我想说的是，晚安。

3

我午睡的时候，你完成了计算工作。
我下楼的时候，这个位面已经不同。
树洞里弥漫着鸟语，遛狗的女子换了香水，暮色在远空笑了一笑，涂花了我的感知。
多么美好的初夏天气，又是蓝天，又是白云，又是阳光，又是结束。

4

风不动，我也不动。你不说，我也不说。

5

信手一捞，空气忽地扭曲。
微浪之中，隐约有一声悲鸣。
缓缓摊开手掌，今年的第一只蚊子，一缕香魂，袅然远引。

6

天边一片黑亮，乌云缱绻。
雨水打在三百公里的车窗上。
那些金黄的闪电，已经不是枝丫，而是永恒的灼伤。
这是江南送你的雨。
你要记住，在无限之中，我们是两颗迷路的微尘，来自同一个天外，同一个星之海洋。

7

每天四点，守着这片黑夜。
我又用完了一天，下一天不知道向谁索取。
我们感受到彼此的痛苦，它会慢慢消失，这将是更大的痛苦。
城市啊城市，两条街外，酒店的穹顶在雾气中闪耀，就像一尊废弃的铜像，在恒河沙滩上翻滚而来，又翻滚而去。

8

久违的奥森，一年中草木最芬芳的时候。
阳光正好，一只白粉蝶从这边飞到那边，一只长尾巴从那边飞到这边。
树叶荫凉着，林涛着，还没有落，在准备着，还没有红，也准备着。
两片花海，大朵大朵的波斯菊，介于罂粟和虞美人之间的色，介于爱马仕和毒药之间的香，让我心神一荡，肉身一轻，终于陷入了冥想。

9

天空澄澈，阳光徐徐。整条街，整条街，都在落叶。

10

这么冷的夜里，要喝多少咖啡，才可以变成一盏路灯？

11

凌晨四点，世界是卑微的。
任何一点响动，都像是旧情人的恩赐。
一个存在，只要是生命，就是孤独的。
即便有很多的人，扎了很大的堆儿，每一个，也都是孤独的。

12

大宁社区洋溢着浓厚的圣诞气氛。
八音盒旋转木马对面，搭起了一个大舞台。

很好的音响，美丽的教师，一群孩子正在试音。
赞美诗听起来，非常的纯净。
阳光微暖，跟我一起到来，然后留在这里。
内环高架桥一路畅通，不断有人超车，有人消失。
每一次都是这样，慢慢收拾好行李，慢慢望着窗外，慢慢离开这个城市。

2012.1—12 / 北京 - 上海 - 杭州 - 长沙

二零一三：断章

1

二零一三年第一首诗，让我写了整整一个小时。马路上很干净，成群结队的风，在半空中唿哨。一辆出租闪着红灯，泊到阴影深处。很多年，我飘扬在人间，却蜷缩在内心，凝视着可能出现的故事。世界给我无数的入口，却不给我任何的出口。我的最大值，叫作迷宫。我的最小值，叫作你。

2

立春了。
雪慢慢化，风很大，吹出满天煤烟味。
几盏车灯射在路面，就像一群异形，提着灯笼掠过冰湖。
有一阵，觉得冬天不会走了。
但是立春了，万物会复苏，或者复活。
你来不及冻成一座雕像，就会被自己的诺言吹散，消失在这个迷惑的季节。

3

雾霾散了一些，路灯清晰起来。
没有雪，枯树上挂满了人造星光，一道一道往下流淌。
这样的夜，还不够深，给出了边界，却更像牢笼。
在影子和影子之间，我找到了陨石，用来放逐我的孤寂。
在大陆和大陆之间，我找到了荒凉，用来放开最后的你。

4

好多天没有写诗了。
一直在忙，就像灯海中的猪头，变成了千与千寻的盛宴。
文艺犯的夜晚没有边际，就像一头地鼠，永远不能想象监狱铁窗的含义。
但是，你穿过了那个山洞，淡入淡出已经互换，你就必须去享受，自己选择的生存方式。
东大桥的霓虹，闪着猩红和蓝白的光。
走在看得见它们的路上。

5

最好的时光，就是一朵花开了，另一朵也开了。

6

以后，回忆起丽江和束河，一定是梦幻的感觉。
苍茫深处，烟花在发梢飘游，就像无声的社戏。
在水边坐了会儿。前几天，这里还是主舞台，很闹很喧嚣，现在，突然安静了。
旁边走过很多游人，像一群一群彩色的鱼，吐着一串一串暧昧的泡泡。
店里放着轻柔的音乐，听起来很应景。
他们说，顺水而出，就可以离开束河。
于是，拥抱，告别，回房，拖着行李，顺水而出。
丽江，再见。

7

这样的日子，像一条虚线。你是圆规和直尺，我是被擦除的铅笔屑。

8

烧烤。步行。南锣鼓巷。
红唇。美腿。夜半烟花。
簋街很灿烂，看一眼，就会触发剧情。
雍和宫，国子监，淡淡的藏香味。
走过糖果，想起去年举办的那场吟游之四。
一路槐花落满地，忘了带上计步器，所以失去了我的船长。
走啊，走。
走啊，走。
城市啊城市，在低度眼镜里，幻成一片金色虚光。
走在看得见它们的路上。

9

多么美的风，却吹向了人间。
多么好的你，却爱过我。

10

夜晚很轻盈，没有尾气，记忆散落了一地。
东门暴搓，步行回西门。
九龙仓。红星路。顺城街。桂花巷。
每个擦肩而过的影子，都有一张熟识的脸孔。

我离开太久了，没有找到远方，只能偶尔归来，再去向别处。成都真是一个奇妙的家乡。怎么喝，都喝不大，怎么流浪，都没有流浪的感觉。

11

人生就是一次痒痒，抓来挠去找不到痒点。

12

氛围音乐大师 Harold Budd 在《白色拱廊》中，有一首 *The Kiss*，大概想表现擦唇而过的轻盈触感。我却看见一个适合流浪的星球，一片无边的浅水，一袭飘零的身影。她来自某个未知世界，有一双忧郁而沉着的眼睛。她的脚下是连绵的水波，一直荡漾到更加未知的远处。

2013.1–12 / 北京 – 丽江 – 西安 – 成都 – 重庆 – 南京

二零一四：断章

1

高碑店很冷，和其他地方一样。
东四环的灯火在雾霾中颤动，和天上的月亮一样。
满天浓浓的煤烟味，和往常一样。
回家重新看了一遍罗琦和邓紫棋，坐在电脑前，沉默了一阵。
有个人用我的电话搜到微信，加上我，说我们失去联系三年了。
我看了一下她的朋友圈，对她说：我不是你要找的人，晚安。

2

很多时候，人间界最宝贵的，并不是得到，而是忘记。

3

那些楼，张满了船帆。
那些路，画满了藏宝图。
风穿上翅膀，带着它们飞过，划出一道道水迹。
空气清新得像初恋，像初恋的情人，像初恋情人出现在眼前，那颤栗的一瞬。

4

雨中城市，宛如一枚伊豆舞女，低眉垂眼，跪在苍茫中。

5

多么疲惫的月亮，纱笼般的晕黄。路灯在桥上盘旋，嘲笑着彼此的距离。

6

夜凉如水。

珍珠梅在暗处妖娆，槐花梦见了自己的香味。

摩托飞飙，七八个女子，发出一阵白生生的笑。

云朵融化在天空深处，让我想起一座大厅，很空旷。

前面坐着一个人，她前面流过一条江。

我想对她说，你不用回头，我知道你是谁。我会弹着琴，如夜，如水，如风，一直这样，轻声地唱下去。

7

彼岸的花，把我看成了天涯。

8

那时候，天还没有黑。湖里有许多波纹，小鱼还没有咬钩。岸边有人在唱歌，有飞机在降落。霓虹就像泪水，又像惊呆的欲望。微风是如此的美，以至于这样的纯粹，也可以被丢弃，也可以被冷却。蓝色港湾的月亮，把前年今日梳洗成一片不悲不喜的银光。走在看得见它们的路上。

9

月亮很朦胧。

街上有酒，有酒桌。有树，有树洞。

广场大妈在扩胸，姑娘在遛狗，一哥们蹬着白花裤衩，宛如一头亡灵。

十公里后，空气逐渐黏湿。

我像一阵风刮过街头，又被地铁哐哐地甩远。

这样的夜晚，我只会沉默。我只是路过，别无他求。

10

万圣节之夜，在杭州行走。

这个城市，不管来多少次，总是会错过桂花，总是没有人，陪我夜游西湖。

我在找一个地方，转了半天，怎么也找不到。

后来，就不找了，因为下雨了。

如果没有雨，我会一直走，走进更深的夜，或者更深的往事。

11

说下不下的，是雪。

说不不不的，是我。

大霾一边呛人，一边割断了时间的跟腱。

于是你奔驰在静止里，像恒星一样，飘扬，红移。

很久以来，一直都是这样的情形。

12

稻麦把你的眼睛幻成金黄。

天地明暗互变，宛如欲火，在冰晶里凝结。

风已经冻僵了，湍流冲走人形，最后一帧，是残破的船舷。
你的哂笑是化石般的乐器，我的困顿是石化般的器乐。
一个人放开你，宛如旅人爱上长路，宛如花朵爱上瘢痂，宛如远方爱上锈渍。
这无边的殇。
这无边的墙。
这无边的夜。
这无边的你。

2014.1–12 / 北京 – 杭州 – 青岛 – 绍兴 – 南京 – 上海

二零一四：你好，再见

想起一座遥远的城市，无法入睡。很多年以来，它总是让我无法入睡。每一头焦虑都很幸福，巨大的偶蹄动物，把围墙重新砌成边界。我一定知道更多的城市，看不见的，得不到的，轻飘飘的。另一个季节暗香浮动，我会像上次一样，找一家陌生的酒吧，为你唱上两首歌，然后坐上最末一班列车，悄悄地离去。
一月，你好。一月，再见。

写一首诗吧，这么晚了，没有人看见。接下来是梦还是什么，我不知道。
写一首诗吧，这么晚了，风都被风吹走了，我这样荒废，是因为我已经荒芜。
写一首诗吧，你看，那些船帆，变成了鲨鱼的背鳍。我不敢用力弹琴，楼下的人会又一次发疯。
我用最小的音量，吟唱最大的沉默。我用最小的光亮，凝视着整个世界的孤独。
二月，你好。二月，再见。

一直不明白，众神为什么创造这个牧场，放养这些贫瘠的生命。

它们的记忆封进死亡，只有在末日才能取回。
它们的身体就是个玩笑，永远受到食物链嘲讽。
它们的感情充满虚伪，随时分裂成更多的虚无。
它们的家园是角斗场，生命就是挣扎和厮杀。
它们从来没有真正得到过什么，这竟然是它们与生俱来的唯一礼物。
三月，你好。三月，再见。

城市从夜色中凸现，有一双猩红的眼珠。
城市是一幅泼墨，一滴水墨，一方老墨。
必须有妖怪，才能叫城市，才能让灯塔，从雾中隐去。
城市是一个古人，渴死在路上，脸上长出的青苔。
城市是一群新欢，在餐桌上，活蹦乱跳的刺身鱿鱼。
城市啊城市，越睡越荒凉，依然是当年，风吹着楼下花坛的空罐头盒，哐哐作响。
四月，你好。四月，再见。

天地之间。大风骤雨。云层巍然不动，像黑暗硕大的入口。
有几天，看见了星星。一眨眼，就化作满天的星盘，消散在莫测的命运之间。
每一次诞生，众星辉映、投射，拍下一组底片，让生命成为实验和牺牲。
尽管如此，我依然仰慕星空，断定你的来处。

要写一本诗集。要出一张唱片。
上面写着：献给我的船长。我曾经以为，我们来自同一个星之海洋。
五月，你好。五月，再见。

放风筝的人。
出演配角的人。
看到大月亮的人。
爱上形而上的人。
和时间赛跑的人。
在历史中呼啸的人。
偷自行车的人。
刷微博刷木了的人。
不爱干正事的人。
梦见落叶的人。
路过丘陵的人。
夜不归宿或者无家可归的人。
只能生存于无边的夜的人。
有一些，是你。大多数，是我。
六月，你好，六月，再见。

这是松香一般的月份。很久以后，融化过的流淌过的，都会变成珍宝。

我上了岸，因为海水在沸腾。我进了森林，我想为你直立。我展翅欲飞的那一瞬，世界变成了一滴从天而降的松脂。原野多么寂寥，每一片落叶，都是神祇从天外扔来的纸飞机。睡吧，睡吧，放牧风景的人，谢谢你，让我路过你。
七月，你好。七月，再见。

从来没有一个月份，如此的匆忙，又如此的潮湿。
树叶痛饮着雨水，满大街都是冰冷的宿醉。
时光蜷缩在无边的夜，出来游荡的，都是造物主的残影。
风不动，我也不动。你不说，我也不说。
下过这一场，睡过这一宿，秋天就来了。
阳光会带走忧郁，一切都会新生，都会重启，每一眼，每一次，每一天，每一刻。
八月，你好。八月，再见。

我有三颗种子，
第一颗是初生，第二颗是绽放，第三颗是叛逆。
我有三朵火焰，
第一朵是燃烧，第二朵是灰烬，第三朵是嘲讽。
我有三头欲望，
第一头是沉默，第二头是聒噪，第三头是死寂。
我有三句箴言，
第一句是高飞，第二句是降临，第三句是崩塌。

九月，你好。九月，再见。

午夜的饥饿，是唯一忠诚的情人。
我的睡眠分成两段，星空中掉下两截船舷。
有人盛开，有人隐居，有人穿堂而过。
他们说，收获了，我就轻轻走过去，你就呼啦啦惊飞了。
我还是等着，零点变成了零度，夜变成水，酿出玉色的羊群。
你的背影散成了霜，散成了露，许多的时光，散成了祭品。指缝中淌下去，都是忧伤，但也是快乐。指尖上留下来，都是美丽，但也是虚无。
十月，你好。十月，再见。

凝视苍穹，那一个角落。
你的名字一出现，夜就来了。
郊区唯一的路灯，就引着我，从冰刺的雪雨中离去。
独舞的尘世，昏迷的烟花，我的明黄是你的月白，你的嫣红是我的黛青。
大风吹开你，现出蔚蓝，雾霾又掩埋你，化作灰黑。
你已经远在色系之外，所以我得到了前所未有的安全。
十一月，你好。十一月，再见。

人群站在冬天，就像一排排枯树。
枝丫上很多鸟窝，鲜活的暴力美学。

构成世界的基本单位是原子，中心是原子核。一粒尘埃，它的周围，一切都是空白。

一切都是空。

星球六十亿人，去掉所有空白，捏在一起，大小只是一块方糖。

所以，谢谢 2014，琐碎而不消停的苍茫，舒适而不尴尬的沉默。

十二月，你好，十二月，再见。

北京亚北、顺义、嘉峪关、地坛、百花深处
杭州西溪湿地
长沙湘江大桥
青岛 Downtown Bar
嘉兴桐乡
上海闵行
南京五台山

二零一五：断章

1

这么好的月亮，我只能关了舷窗。

2

满天空的烟花，黑夜的华筵。
满天空的美酒，被爱人吞吐。
满天空的爱人，被远方拐走。

3

史上最凛冽的四月，糅身被甲，拥着台灯读闲书。
读到创世纪，上帝轻拢慢捻，抽了一根男人骨迎风挥舞，挥着挥着变成了女人，一点也不像生育，倒像是克隆，或者玩泥巴。
读到山海经，洪水乌泱泱地退去，湿漉漉的雾气里，一丛一丛人头，盛开在飞鸟虫鱼身上。大地一张一合，呼哧带喘，宛如苏生。

4

夜风如此凉爽，怎能荒废于梦乡。

5

来，回到我这里，假装只是一次路过。我有你想要的各种天空，还有你想忘掉的所有笑容。

6

那首歌里，最动人的一句，我已经听厌，但还是紧紧捏在怀里。

7

有没有一杯咖啡，催眠这一轮新月？

8

我们是城乡结合部的“杀马特”，喜欢放烟花，有的飞，有的崩散。

我们是一树一树电灯泡，嗤啦啦的毛虫和虫卵，在花雨中洒落。

我们是黑洞边缘的尘埃，路过的飞船不肯卖酒，因为时间被拉向无限，凝成初见那一瞬。

你要开花，我要落叶。你要色空，我要菩提。

9

打着伞，穿过雨水，去小巷深处的咖啡馆，唱几首歌。

再出门，雨就大了。行人寥寥，落叶半透明，像打不到的出租。

雨会一直下，下到明天这个时候。

灯火都会淋透，变得更加干热。

那些地方，会更冷地看着我，看我打着伞，埋着头，向前走，回不去。

10

苍山如海，你我虫豸。

11

换了几个窗口，还是没有看到月亮。恍惚的几十年，像忘川上飞舞的萤火。

12

延庆已经下雪了，亚北还只是在刮风。没有人和我在风暴中相遇，变成彼此的船舷，直至流散。

2015.1–12 / 北京 – 上海 – 武汉 – 重庆 – 成都

二零一五：你好，再见

飞驰。无止。
剧组会。神经痛。
蓝港钟声调准了，灯火越绚丽，枝丫越清冷。
拍摄。起义。
拍摄。排练。
拍摄。吟游。
拍摄。表白。
他们美丽起来，草芥变成了初恋。
杀青那天，不想离开大棚。
喜欢上很多人，让我很不自在。
顺义的丛林，一定适合隐居。
我会想出办法，不让你看见这一切。
一月，你好。一月，再见。

喜欢古老的汽车站，火车站。
高铁站也不错。
机场感觉差一点，有一种难以掌控的焦躁，不如高铁，精准地抵达，从容地离去。
喜欢一个城市，就一定要离开她，享受一个人的来去，沉默全程的孤寂。
二月，你好。二月，再见。

封存你，以天空作画笔，花朵织成画框 ，修女时而是权杖，时而是把柄。
封存你，以洋流作彼岸，一翻一瞪眼，一岁一枯荣。
你应该知道，我比你更希望，你真的存在。
每一颗夕阳都令人心颤，所谓存在，其实是残忍。
去日茫茫，宛如马蹄下的露珠。
戒酒八十五天，心如旷野，种满了驰骋。
三月，你好。三月，再见。

船过忘川，泊于社戏。
台上很冷，台下有篝火。
你一个人演，还那么卖力。
无数人看着，边看边入定。
一个人沉入回忆，剩下的日子，就被烤熟了。
一个人眺望大洋，潮水冲过来，沙雕化成了糖稀。
一个人面对着星球，船就张开帆，从太阳里遁走了。
戒酒一百一十五天，数起来都已经疲惫。
四月，你好。四月，再见。

这么多离开。
星球在潮汐中飞走，诺言在烈风中逃窜。
我是一座孤岛，守着几艘沉船，海盗一茬一茬地抢，*LOST* 一季一季地演。

我是一幅漫画，一句空话，一个笑话。
所以，各种的离开，再也不回来。
你们沉入苍茫，去了更好的地方吗。
撕开我的睡眠，我发电的声音，还是那么嘎嘣脆吗。
五月，你好。五月，再见。

很多的雨，有的化作晴朗，有的变成音乐。
很多的拒绝，有的化作触手，有的绽放成黑暗花瓣。
退化的时钟，每一秒，都越来越急，越来越短促。
我知道，有一头黑洞，在太阳之外，位面之侧，安静地等我。
把我凝固在永恒之中吧，
我最后的眼神，漠然张望着周边流过的星辰潮汐，
以及你。
六月，你好。六月，再见。

雨水之前，铲光了念想，所以。
什么都没有发芽。
每一天，修剪琴弦、声带、脂肪和食欲，把自己雕琢成晶石，
镶嵌进一枚魔戒。
今夜无人入睡，说睡着的，都是骗子。
环路拥堵，正如人生，被无边的孤寂拥堵，又被无边的陌生
捆绑。
戒酒一百六十二天，九个欲望乘九个颓丧，再乘两个你。

七月，你好。七月，再见。

每天：枯坐，咀嚼，行走，泄殖，他们，以及你。
重复多了，就变成一纸，一画：枯坐，咀嚼，行走，泄殖，他们，以及你。
海体很厚。地幔在浪尖上风干，蛋壳上有几滴细菌。你路过沙滩，发现这张画，你就穿进来，印在画上。当然，也可能相反，穿进来是我，你看见我，就穿了出去，去了别处。
八月，你好。八月，再见。

我想弹奏你，在一夜落雨的清晨。
所有花都开完了，满街都在落叶。
你走过的路，通向彩色的山，
以及更加安静的地方。
你站在那里，
就像是一层洇染的风景。
如果有一天，我走向黑夜，
那是为了从那边，找到回来的路。
我想了很多事，但是没有你。
也想了一些自己，那是不用再想的问题。
九月，你好。九月，再见。

空旷是一张纸，风吹过来，满街的欲望，都朝着尘埃倾斜。
空旷是一枝香，红笺小字，把你的眼睛，从素色晕染成天蓝。
空旷是一些日子，丰盈了，就变得放肆，慢慢蹩向恶俗的终结。
空旷是一滴酒，一盏灯，万圣寂寞，冻伤的群星，洒下一片落叶，碰响我凝望时，不及弹奏的那一根琴弦。
十月，你好。十月，再见。

这些重霾，是星辰的涡流，是灯火碎片，是越来越深的梦。
梦见一个美人叫作能见度。
梦见候鸟咬死群星。
梦见赶火车，七点十九分，我下了出租，已经七点零九。
误点就是归途，错过就是醒来，熏死就是忘记。
正如一行程序，半片病毒，风中的一笑，以及即便找回，也会再度失去的你。
十一月，你好。十一月，再见。

写完一月你好一月再见，再写二月，感觉隔了很久。
写完十月，再写十一月，却好像很短，只过去了几天。
第一次聊，你说：提个要求。
我说：不要消失。
你答应了。
但还是消失了。

我明白，时间会越来越快，我们真的在奔向一个黑洞。
那边是什么呢？
不要消失，就是最好的新年礼物。
十二月，你好。十二月，再见。

北京南锣、奥森、北大、亚北、顺义
河北滦平
南京后棠
成都新城市广场
杭州西湖诗会

二零一六：断章

1

零下 4 度，北风 3 级，雾霾指数 31。

每天晚饭后万步暴走，也没有下去几斤几两，可见代谢之衰老，冬天之养膘。

David Bowie 走了，直奔彼岸。

好多人都走了，一茬一茬。

这么多灵智，会安置到何处?

能量守恒，灵魂也守恒吗?

所以官媒说，没有必要换美元。

所以占星学家说：你们人类，怀旧要适可而止。

2

烟花在闪耀，众神颔首。

他们遍施法则，让一切飞翔都无法冲破夜空。

众生和灵智，主义和历史，星座和生肖，都是一把骰子，不停掷下，不停收起。

即便如此，我也会在零点炸响时，弹琴，吟唱，想念，忘怀。

正如往事，越是久远，越是虚妄；正如烟花，越是绚烂，越是孤寂。

3

伤感地俯瞰着芸芸众生，默默揉饬着这一把星球弹珠。

4

时间倒映在天上，我也望着夕阳。
草地之于雕塑，就像星球之于人类，飞碟之于飞碟灯，以及失眠的我，之于一首诗，半首歌。
暮色四合啦，无边的你。回家收衣服吗，衣不蔽体的我。
戒酒一百六十九天，苍茫而记。

5

一边艰难地俯卧撑，一边昂着头，眺望着对面楼房的灯火。

6

所谓生命，就是一个人，来到一片黑暗旷野。有时候，头上会有一点星光，有时候，自己会变成一点星光。

7

引力波

永夜之中，一群神灵在放风筝。
——你一直在扯这根线，干什么？
——让他们找，让他们想，找到这里，或者消散。
——他们会知道，他们发现的一切，都是一种特例。他们最终的存在，只是一个孤证。

8

十月一日，空气宛如胶皮。
想去朝阳奥森，拍几张在夜光中起舞的霾民们。
说好的秋高气爽呢，在远方喝大了，过不来了。
想想也是，说好了，那就是没有了。
戒酒二百七十五天，忧伤而记。

9

早高峰到来前，健步登上地铁。哪有湿漉漉的黝黑的花瓣，只见白惨惨的疲惫的秋草。

10

睡前上阳台，微微一开窗。天地皆锅炉，满城雾霾香。

11

幸好来了一阵北风。
举杯邀明月，一盏无影灯。

2016.2-12 / 北京 - 武汉 - 成都 - 上海

二零一六：你好，再见

乡下是一堆石头，被烈风洗刷。
天桥挤满赌石者，互相追捧，各自开光。
时针很晴朗，分针很程序，秒针是食色、尘埃、线偶和青史。
你的耐性在消散，记忆碎了一地。
这无边的夜，戒酒一个月了。
我是一盒礼物，套着无数的盒子。
我是一双翅膀，冲开满天繁星，撞上更高的星，更远的窗。
一月，你好。一月，再见。

鳞片锃亮的楼群，夜色一呼一吸。
光柱射向天顶，就像是桂冠和援军。
神仙在云里打架，蝼蚁在地上奔突。
我还是弹弹琴，写写字，翻翻书，走走路，戒戒酒，看看花，说说话，想想事，不会去追究，游离的城市，相对外面，是盛世，还是泡影；流浪的今生，相对前世，是天堂，还是地狱。
二月，你好。二月，再见。

从北到南，再到西。在地图上走出一个三角，对应于三月。
一个城市没有躲开雾霾，另一个城市没有时间怀旧，还有一个城市的菜很惊艳，但是变了，也可能菜没变，味蕾变了。

列车悠悠荡荡，空气都是雨水的味道。

打开电脑，听一人一琴的《湄南河》。

突然，一个铜管，一个美丽的下属音，加入进来。再一听，是列车的汽笛。又该出发了。多少年，它总是这么守时，一直镶嵌在我的漂泊里。

三月，你好。三月，再见。

水逆像一把烤熟的坚果，又香又腻。不服的牙口都流放了，导致这些年一事无成。头痛烤熟了，波折烤熟了，轻侮调笑也都烤熟了。各种部件在长草，全套的夜露、晨光、芬芳和荆棘。

可是，我依然在写啊。写那年夏天，写那些江南，写密码，写装傻，写风，写云，写水中的水，你中的你。

四月，你好。四月，再见。

有人等着听我的歌，有人等着看我的字。

正如冰火两重天的夏季，调戏人类日渐衰弱的历法。

再拧半圈发条，就是矩阵的反面。

我放弃了挣扎，因为感知到的一切，都只是神祇车震后，指尖沾上的萤火。

整条山脉都在下雨，所以我认出了你。

可是，船长，那不是我们说好的山顶啊。
五月，你好。五月，再见。

这个月，三分失眠，三分吟唱，三分江南。
瓜洲金陵，徐泾七宝，低气压像一袭湿透的斗篷。
船长，我走不动了。
午夜梦醒，梅雨并非洪椿晓雨，而是天河倒悬。
华懋转上三圈，又反着转了三圈，才知道那家冰店，再也没有了。
我知道我走不动了，但还是在走。走四公里，看一场深夜首映。走六公里，吃一屉苏州汤包。走八公里，听两个残疾男女，在徐泾的街头对唱情歌。
六月，你好。六月，再见。

这个七月，水火交织。我和青草睡着了，船来了。我和苍老苏醒了，船走了。船长，说好的，开你的船，带我离开呢。这个七月，是一台社戏，戒掉一条河，梅雨是毛玻璃，湿疹是望远镜，很多的表演，更多的沉睡，有一些是我，更多的是你。这个七月，你知道，一切孤独背后，都是隐秘的罪恶。
七月，你好。七月，再见。

大风四起，人们开始陷入悲秋症。
近地火球走了，林涛浑身一松，开始涂抹彩色的边界。
火焰不会倒立，落叶不会从地上回到枝头。
所以，只能熬了。
熬过酷暑，可以得到清冷。
熬过油脂，可以得到盛宴。
熬过你，可以得到几丝柔弱的灵感。
八月，你好。八月，再见。

秋天的冷，突然就来了。
无边的夜，和它一伙。
它们站在岸边，我只有一艘沉船。
它们上了岸，我还浸在水里。
一直都是这样，想好一个开头，下楼跑几圈，美丽的句子就会出现。
但是这次不同，出了门，没走几步，就被重霾熏了回来。
又要爆表了。多么像最近的日子，想象轻盈，坠落彻底。
九月，你好。九月，再见。

寒风呼啸，零下了。
那一年写了很多字，想抹掉时，才发现，已经刻在空气里。
你拍下那些照片，就带着爱人，连夜私奔了。
我站在画外，想一想，唱一唱，好多年就过去了。
夜色无尽地绽放，树叶在变黄，山在变红，凝望冻成了绝望。
这个秋天如此仓促，就像那个夏天，那次微弱的爱情。
十月，你好。十月，再见。

霾从虚无中来，带着七名使徒。
一名用沙漏装扮成未来，一名用底线编织成绞索。
一名用往事令我费解，让我萦绕，如诗如画的污浊。
一名一指点破钢筋水泥，一语道破满身瘀青。
一名睡在旷野，垂悬的时钟。
一名冻成冰花，开在融化之中。
最后一名出没在夜里，面无表情地踏浪而过。
十一月，你好。十一月，再见。

异乡的天空，白棉花云朵。琴弦弹得发烫，来到这遥远城市。节日要到了，一年一度一事无成。节日要过了，美好的，都是失去的日子。钟声教堂的梦幻，玫瑰飘过海滨。第二次的槐花，撒下当年放跑的鱼群。一切都在模糊，连同灵智和意识。它们降临成这几条文字，用来纪念这诡异的一年。旷世的荒芜。

十二月，你好。十二月，再见。

北京亚北、西单、三元桥
河北滦平
扬州润扬湿地
成都省歌舞团、秀丽东方、东郊记忆
杭州萧山
上海青浦
福州三街七坊